KB269964

영어 독해력 증강 프로그램
행복한 명작 읽기
A MERRY CHRISTMAS
Basic
7
호두까기 인형 I
백조의 호수
The Nutcracker I Swan Lake
다락원

어린 시절 누구나 한 번쯤 읽게 되는 아름다운 동화와 명작들! 이젠 영어로 읽어 볼까요?

한글 번역본을 읽을 때와는 전혀 다른 재미와 감동을 느낄 수 있고, 이미 알고 있는 이야기들이라 생각보다 어렵지 않습니다. 즐겁게 읽어 나가는 사이에 독해력이 쑥쑥 자라는 것은 물론이죠.

「행복한 명작 읽기 Basic」 시리즈는 영어로 된 이야기책을 처음 접하는 왕초보들을 위해 개발되었습니다. 250단어 수준의 짧고 쉬운 문장으로 이루어져 있어 영어 읽기를 처음 시도하는 초급자나 초, 중, 고등학생들이 보다 즐겁게, 보다 효과적으로 영어 명작들을 읽으며 독해력을 키울 수 있습니다.

영어표현 및 문법에 대한 친절한 설명, 어휘 학습과 내용의 이해를 돕는 퀴즈들, 그리고 매 페이지 펼쳐지는 멋진 그림들까지 어디 한 군데 소홀함 없이 구성했습니다. 여기에 권말 특별부록 '독해 길잡이'와 '리스닝 길잡이'를 곁들여 읽기뿐 아니라 체계적인 리스닝 학습까지 아우르고 있습니다. 또한 CD에 '오디오북' 형식으로 전문 미국 성우들의 생동감 넘치는 원음을 담았습니다.

본문은 원어민 전문 필진이 교육부 선정 기본 어휘를 바탕으로 실생활에 많이 쓰이는 기본 어휘를 사용해 표준 미국식 영어로 리라이팅하였기 때문에 학교 영어 학습에도 큰 도움이 될 것입니다. 「행복한 명작 읽기 Basic」 시리즈를 끝낸 후에는 다락원의 5단계 독해력 증강 프로그램 「행복한 명작 읽기」 시리즈를 본격적으로 시작할 기본 영어 실력을 탄탄히 갖추게 되었음을 몸소 느낄 수 있을 것입니다. 「행복한 명작 읽기」 시리즈를 통해 영어를 읽고 듣는 재미에 푹 빠져 보시기 바랍니다.

– 행복한 명작 읽기 연구회 –

호두까기 인형
The Nutcracker

차이코프스키의 1892년 발레 작품으로, 〈잠자는 숲속의 미녀〉의 성공에 힘입어 탄생하게 되었다. 2막으로 구성된 이 작품은 독일 출신 문호 E.T.A. 호프만의 작품 〈호두까기 인형과 쥐의 왕〉을 번안한 것이다.

이야기는 크리스마스 이브가 배경이다. 스탈바움 씨 저택은 크리스마스 준비로 한창이다. 스탈바움 씨의 딸 클라라는 대부인 드로셀마이어 씨에게서 호두까기 인형을 선물로 받는다. 말썽꾸러기 남자아이들이 장난삼아 이 인형을 던지고 놀다가 두 동강이 나고 만다. 클라라가 크게 실망하자 드로셀마이어 씨가 인형을 고쳐 준다. 클라라는 이 인형을 고이 안고 크리스마스 트리 아래에서 잠이 드는데….

크리마스 때면 어김없이 무대에 오르는 이 발레 작품은, 특히 음악이 아름다워 발레 중에 나오는 춤곡, 행진곡 등 8곡을 추린 모음곡만 연주되기도 한다.

백조의 호수
Swan Lake

1876년 차이코프스키가 작곡한 발레 작품으로, 〈잠자는 숲속의 미녀〉, 〈호두까기 인형〉과 함께 고전발레의 3대 명작으로 손꼽힌다. 총 4막으로 이루어진 이 시나리오는 러시아의 백조 처녀에 대한 민담을 각색해서 만들어졌다.

이야기는 지그프리드 왕자의 생일축하연에서부터 시작한다. 결혼을 종용하는 어머니로 인해 답답함을 느낀 왕자는 왕궁을 떠나 어느 숲으로 향한다. 깊은 숲 속에 있는 호수에서 아름다운 백조 무리를 보게 되는데, 그 중 왕관을 쓴 백조 한 마리가 유독 눈길을 끈다. 밤이 되자 이 백조들이 아름다운 처녀들로 변하고, 왕관을 쓴 백조가 오데트 공주라는 것을 알게 된다.

이 공주에게 첫눈에 사랑에 빠진 지그프리드 왕자는 마법에 걸린 처녀들의 슬픈 이야기를 듣게 되는데….

차이코프스키의 3대 발레 중 가장 먼저 만들어진 작품으로, 볼쇼이 발레단의 청탁으로 제작되었으나 초연 때는 그다지 호응을 얻지 못했다고 한다. 하지만 지금은 상연 횟수가 가장 많은 작품 가운데 하나로 큰 사랑을 받고 있다.

How to Use This Book

이 책, 이렇게 보세요

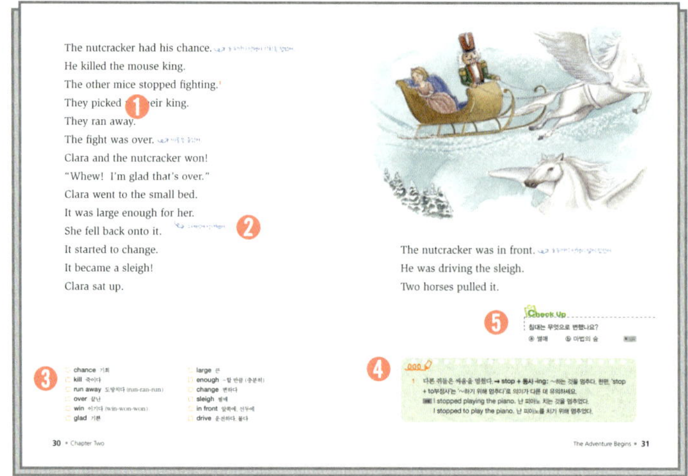

❶ 영어본문
구문별 · 문장별로 행이 구분되어 있어
의미를 파악하기 쉽습니다.

❷ 해석 도우미
영문의 요지 및 뉘앙스의 실마리를
제시했습니다.

❸ 어휘 설명
초등 수준에서 조금 어려울 수 있는
단어와 표현은 해당 의미를 명기했습니다.

❹ 문장 설명
중요 문법 사항이 들어 있거나 중요한
구문으로 이루어진 문장에는 해석과
설명을 제시했습니다.
조그맣게 어깨 번호가 있는 문장은
하단을 확인해 보세요.

❺ Check-Up
내용 파악을 잘 했는지 바로 확인해보는
퀴즈입니다.

오디오 CD
영미권에서 즐겨 듣는 '오디오북' 형식을 도입해, 원어민 성우가 표준 미국 영어로 내레이션합니다.
어렵지 않게 영어가 귀에 쏙쏙 들어올 것입니다.

How to
Improve Reading Ability

왕초보를 위한 독해 가이드

1단계 **군더더기는 필요없다, 키워드를 잡아라.**

문장 안의 핵심어를 통해 대략적인 의미를 잡아내는 연습을 해보세요. 단어 몇 개 가지고 짐작으로 무슨 내용인지 생각해 보는 게 무슨 실력이냐 하겠지만, 큰 효과가 있답니다. 계속 해나가다 보면 우연히 맞힌 게 아니라 실력으로 맞힌 것임을 알게 될 것입니다.

2단계 **길면 쪼개라.**

문장을 의미 단위별로 끊어서 읽으세요. 이 책은 대체로 짧은 문장으로 구성되어 있을 뿐 아니라, 간혹 나오는 비교적 긴 문장은 의미 단위에 맞춰 행이 바뀌어 있습니다. 행이 바뀌는 게 거슬리는 순간, 여러분은 다음 단계로 올라가면 됩니다. 이 때 앞에서부터 차례로 의미를 파악하는 습관을 들이세요. 문장을 거슬러 올라오면서 해석하는 버릇이 들면, 읽는 속도에도 문제가 생기지만 리스닝할 때 큰 난관에 부딪히게 됩니다.

3단계 **넘겨 짚는 것도 능력이다, 모르면 추측해라.**

모르는 단어가 나와도 바로 사전을 찾지 마세요. 문맥 속에서 유추하는 능력도 길러야 합니다. 전혀 모르겠는 문장도 일단 어떤 이야기일 것이라고 생각해 본 다음에 해석을 확인하거나 사전을 찾도록 합니다.

4단계 **많이, 여러 번 읽어라.**

영어를 정복하는 지름길은 없습니다. 많이 읽고, 여러 번 읽는 사람만이 정상에 오를 수 있습니다. 꾸준히 영어를 접하다 보면 자기도 모르는 사이에 영어 실력이 쑥 올라간 느낌을 경험하게 될 것입니다.

Contents

The Nutcracker
호두까기 인형

brave
용감한
take out sword
칼을 꺼내다
order 명령하다
win 이기다
mouse
쥐 (복수형 mice)
mean
못된
Before You Read
크리스마스 날 클라라라는 호두까기 인형을 선물 받고 무척 좋아했어요.
크리스마스 트리 아래에 둔 인형 옆에서 잠이 들 정도였답니다.
Christmas party
크리스마스 파티
have a party
파티를 열다
adventure
모험
sleigh 썰매
drive 운전하다
pull 끌다
The nutcracker made
the horses go faster.
호두까기 인형은 말들이 더 빨리 가게 했다.
I don't want to lose
you again.
널 또 다시 잃고 싶지 않아.
toy soldier
장난감 병정
nutcracker
호두까기 인형
fall asleep 잠이 들다
in one's arms 품 안에

Land of Sweets
사탕 나라
gingerbread
생강과자
castle 성
Sugar Plum Fairy
슈거플럼 요정
visit 방문하다, 방문
bow 절하다
greet
맞이하다, 환영하다
game
놀이
miss a catch
잡지 못하고 놓치다
crack
깨지다, 금가다
grab 잡다, 움켜쥐다
throw 던지다
ecorate the Christmas tree
크리스마스 트리를 장식하다
tall and magnificent
크고 웅장한
Godfather
대부
gift / present
선물
special gift
특별한 선물
drum
드럼
Godchild
대자녀
trumpet
트럼펫

A Christmas Present
크리스마스 선물

It was Christmas Eve.

The Stahlbaum family was excited.

They had a Christmas party every year. → 매년 크리스마스 파티를 열었어.

Clara was the sweet daughter.

Fritz was the energetic son.

Everyone decorated the Christmas tree.

It stood in their living room. → 모두가 크리스마스 트리를 장식했어.

☐ **eve** 전날밤, 전야
☐ **excited** 신이 난, 들뜬
☐ **have a party** 파티를 하다
☐ **sweet** 상냥한, 다정한

☐ **energetic** 활동적인
☐ **decorate** 장식하다, 꾸미다
☐ **magnificent** 웅장한, 참으로 훌륭한
☐ **dance to music** 음악에 맞추어 춤추다

It was tall and magnificent. ✎ 크고 웅장했어.

Evening came.

The parent's friends arrived.

The children's friends also came.

There were many things to eat.[1]

There were games.

They danced to music. ✎ 음악에 맞춰 춤췄어.

1 먹을 것이 많았다. **→ many things to eat:** 많은 먹을 것. to eat이 앞의 명사
   things를 꾸며 주고 있어요. to부정사는 앞에 있는 명사를 꾸며 주는 역할도 해요.
   ex I need a pen to write with. 난 쓸 펜이 필요해요.

A special guest arrived. 특별한 손님이 도착했어.

He was Clara and Fritz's godfather.

His name was Drosselmeyer.

Everyone liked him.

He was a very clever man.

He made clocks and toys.

He liked to surprise people. 그는 사람들을 놀라게 하는 것을 좋아했어.

Every year, he made special gifts.

This year, he made two large dolls.

Their faces were brightly painted.[1]

Drosselmeyer made them dance.

Everyone was amazed. 인형들을 춤추게 했어.

- □ **special** 특별한
- □ **guest** 손님
- □ **clever** 영리한, 재주가 있는
- □ **surprise** 놀라게 하다
- □ **gift** 선물
- □ **brightly** 밝게, 빛나게
- □ **make A 동사원형** A를 ~하게 하다
- □ **paint** (색을)칠하다
- □ **amazed** 놀란
- □ **present** 선물
- □ **loud** 큰 소리를 내는, 시끄러운
- □ **trumpet** 트럼펫

Drosselmeyer had more presents.

He gave these to the children.

The girls got beautiful Chinese dolls.

The boys got loud toy trumpets.

Check Up

드로셀마이어는 누구인가요?

ⓐ 클라라와 프리츠의 대부

ⓑ 클라라와 프리츠의 삼촌

ⓑ : 류장

1 그것들의 얼굴은 밝게 칠해졌다. → **be동사 + 과거분사**: 수동태. 주어가 어떤 동작을 받거나 당하는 것을 표현해요. 원래 이 문장은 He painted their faces brightly.인데 목적어 their faces가 문장의 주어로 오면서 색을 칠하는 것이 아니라 '색이 칠해진다'는 표현이 돼요. 한편, 주어는 문장 끝에 by him의 형태로 오는데, 여기서는 생략되었어요.

Drosselmeyer had some special gifts.

These were for his godchildren.

Fritz got a toy drum.

Drosselmeyer gave Clara her present.[1]

It was the best one.

It looked like a toy soldier. 장난감 병정처럼 생겼어.

It had a shiny red uniform.

A tall black hat was on its head. 머리에는 높고 검은 모자를 썼어.

It had a toy sword on its belt.

☐ **godchildren** 대자녀	☐ **ability** 능력, 재능
☐ **drum** 드럼, 북	☐ **crack** 부수다, 깨뜨리다
☐ **present** 선물	☐ **nut** 견과
☐ **look like** ~처럼 보이다, ~와 닮다	☐ **put** 넣다, 두다
☐ **solider** 군인	☐ **walnut** 호두
☐ **shiny** 빛나는, 반짝거리는	☐ **push** 밀다, 누르다
☐ **uniform** 군복, 제복	☐ **shut** 닫힌
☐ **sword** 칼, 검	☐ **break open** 부수고 열다

It had a special ability.

It could crack nuts.

Clara put a walnut in its mouth.

She pushed the mouth shut.

Crack! The nut broke open. 호두껍질이 까졌어.

1   드로셀마이어는 클라라에게 선물을 주었다. → **give A B:** A에게 B를 주다. 'give
B to A'라고도 흔히 써요.
    ex Mom gave me some pocket money. 엄마가 나에게 용돈을 좀 주셨다.
      = Mom gave some pocket money to me.

All the children were surprised.

But Fritz was jealous.

He grabbed the nutcracker.

He threw it to one of his friends.[1]

- ☐ **jealous** 샘나는, 질투하는
- ☐ **grab** 붙잡다, 움켜잡다
  (grab-grabbed-grabbed)
- ☐ **nutcracker** 호두까기인형
- ☐ **throw** 던지다 (throw-threw-thrown)
- ☐ **laugh** 웃다
- ☐ **finally** 마침내, 결국
- ☐ **miss** 놓치다
- ☐ **catch** 잡기
- ☐ **terrible** 끔찍한
- ☐ **crack** (갈라져 생긴) 금
- ☐ **break into two** 두 동강 나다, 둘로 조각나다
  (break-broke-broken)
- ☐ **in two** 둘로

The boys laughed.

It was a new game.

Clara ran from boy to boy.

Each one threw the nutcracker.

Another boy caught it.

Finally, it happened.

A boy missed his catch.

The nutcracker fell to the floor.

There was a terrible crack.

The nutcracker broke in two!

1   그는 그것을 친구들 중 한 명에게 던졌다. **→ one of 복수형 명사:** ~ 중 하나.
one of 다음에 반드시 명사의 복수형을 쓰는 데 유의하세요.
ex Choco is one of my pet dogs. 초코는 우리집 애완견 중 한 마리다.

The children all stopped. 동작을 모두 멈췄어.

Clara started to cry.

Drosselmeyer turned and looked.

"Ah, what happened here?

Don't cry, sweet Clara."

The old man waved his hand.

A small cloth appeared. 조그만 천이 나타났어.

Drosselmeyer picked up the doll.

He covered it with the cloth.[1]

He pushed it. He pulled it.

Then, he took the cloth away.

The nutcracker was fixed.

☐ **turn** (고개, 몸 등을) 돌리다
☐ **wave** 흔들다
☐ **cloth** 천, 옷감
☐ **appear** 나타나다
☐ **pick up** ~을 집다, 들어올리다
☐ **cover** 덮다
☐ **push** 밀다
☐ **pull** 당기다
☐ **take away** 치우다, 제거하다
　 (take-took-taken)
☐ **fix** 수리하다, 바로잡다
☐ **jump with joy** 기뻐 날뛰다
☐ **clap one's hands** 박수 치다
　 (clap-clapped-clapped)

Clara jumped with joy. 클라라는 좋아서 팔짝 뛰었어.

She clapped her hands.

"Oh, thank you. Thank you!"

---

1 그는 그것을 천으로 덮었다. ➡ with는 쓰임이 많은 단어예요. 여기서처럼 '~을 써서, ~로'의 뜻 외에도 '~와 함께, ~을 가진, ~에 대해' 등의 의미로 흔히 쓰여요.

   ex I was playing baseball with my friends. 나는 친구들과 야구를 하고 있었다.
   What is the problem with you? 너에게 무슨 문제가 있니?

The old man made a small bed.

He put it under the Christmas tree. ↪ 그걸 크리스마스 트리 아래 두었어.

He put the nutcracker on it.

Many toy soldiers were nearby. ↪ 많은 장난감 병정이 근처에 있었어.

It was getting late.[1] Everyone was tired.

Guests started to leave.

They thanked the Stahlbaums.

The children went to bed. Clara couldn't sleep.

She got up. She went to the tree.

She picked up the nutcracker.

Then, she lay down under the tree.

The nutcracker was in her arms. ↪ 호두까기 인형이 그녀 품 안에 있었어.

"I don't want to lose you again."

Clara fell asleep.

☐ **nearby** 인근에, 가까운 곳에
☐ **tired** 피곤한, 지친
☐ **thank** 감사하다, 고마워하다
☐ **the Stahlbaums** 스탈바움 씨 부부/가족

☐ **get up** 일어나다 (get-got-got)
☐ **lie down** 눕다 (lie-lay-lain)
☐ **lose** 잃다, 잃어 버리다
☐ **fall asleep** 잠들다 (fall-fell-fallen)

1　시간이 늦어지고 있었다. ➡ **get + 형용사:** ~해지다. get 대신 become이나 grow를 써도 돼요. 'get + 형용사의 비교급'은 '점점 더 ~해지다'로 의미가 강해져요. **ex** The man is getting stronger. 그 남자는 점점 더 튼튼해지고 있다.

A 스탈바움 씨의 파티를 묘사한 표현들을 모두 고르세요.

lots of delicious food

tall Christmas tree

just a few people

music to dance

live band

swimming pool

B 다음 내용이 옳으면 T, 틀리면 F에 표시하세요.

❶ Some people didn't like Drosselmeyer. T F

❷ Drosselmeyer was an old magician. T F

❸ Clara's nutcracker fell to the floor and broke. T F

❹ Drosselmeyer could not fix the nutcracker. T F

Answers

A lots of delicious food, tall Christmas tree, music to dance

B ❶ F   ❷ F   ❸ T   ❹ F

 다음 질문에 알맞은 답을 고르세요.

❶ 아이들은 드로셀마이어 씨를 보면 어떻게 느꼈나요?

(a) Scared   (b) Confused   (c) Excited   (d) Sad

❷ 왜 프리츠는 클라라의 선물을 잡아챘나요?

(a) He was jealous.

(b) He wanted to break her present.

(c) He wanted to impress his friends.

(d) He wanted Drosselmeyer to pay attention.

D 이야기 전개에 따라 다음 문장을 다시 배열하세요.

❶ Drosselmeyer gave Clara her present.

❷ The boys played catch with the nutcracker.

❸ The Stahlbaums decorated the tree.

❹ Drosselmeyer put the nutcracker under the tree.

______ ⇨ ______ ⇨ ______ ⇨ ______

Answers

C   ❶ (c)   ❷ (a)

D   ❸ ⇨ ❶ ⇨ ❷ ⇨ ❹

CHAPTER TWO

The Adventure Begins

모험이 시작되다

There was a clock in Clara's house.

It was a big clock. It had a bell.

Midnight came. The bell rang.

The sound woke Clara up. ↪ 그 소리에 클라라가 깼어.

She felt strange.

Everything was getting bigger.

↪ 모든 것이 커지고 있었어.

But that wasn't true.

She was getting smaller.

She was as small as the nutcracker.[1]

The toys started moving. ↪ 장난감들이 움직이기 시작했어.

They were alive!

- ☐ **adventure** 모험
- ☐ **bell** 종, 종소리
- ☐ **midnight** 자정, 밤 12시
- ☐ **ring** 울리다 (ring-rang-rung)
- ☐ **wake up** 깨어나다 (wake-woke-woken)
- ☐ **feel + 형용사** ~한 기분이 들다
- ☐ **true** 사실인, 맞는
- ☐ **move** 움직이다
- ☐ **alive** 살아 있는
- ☐ **dark** 검은, 어두운
- ☐ **shape** 형체, 형태
- ☐ **mice** mouse(쥐)의 복수형

Clara saw many dark shapes.

They came closer.

They were mice.

A large mouse king led them. 커다란 대왕쥐가 그들을 이끌었어.

They looked mean.

The nutcracker called to the toy soldiers.

"Line up, men! Be ready!"

The toy soldiers followed the orders. 장난감 병정들이 명령에 따랐어.

They took out their swords.

They fought the mice.

The nutcracker was brave.

But there were many mice.

Clara and the toys were surrounded. → 클라라와 장난감들은 포위되었어.

The situation was hopeless.

Clara was desperate.

She grabbed her shoe.

She threw it at the mouse king.

Her throw was strong.

The shoe hit the king's forehead. → 신발이 왕의 이마에 맞았어.

The mouse king fell back.

Check Up

클라라는 대왕 쥐를 어떻게 했나요?

ⓐ 그를 죽였다.　　　ⓑ 신발로 쳤다.　　　정답: ⓑ

- [ ] **lead** 이끌다 (lead-led-led)
- [ ] **look** ~하게 보이다
- [ ] **mean** 못된
- [ ] **call** 외치다, 부르다
- [ ] **line up** 줄을 서다
- [ ] **ready** 준비가 된
- [ ] **follow** 따르다
- [ ] **order** 명령
- [ ] **take out** 빼다, 꺼내다 (take-took-taken)
- [ ] **fight** 싸우다 (fight-fought-fought)

- [ ] **brave** 용감한
- [ ] **surround** 둘러싸다
- [ ] **situation** 상황, 처지
- [ ] **hopeless** 가망 없는, 절망적인
- [ ] **desperate** 필사적인
- [ ] **throw** 던짐, 던지다
- [ ] **hit** 때리다, 치다 (hit-hit-hit)
- [ ] **forehead** 이마
- [ ] **fall back** 뒤로 넘어지다, 물러나다 (fall-fell-fallen)

The nutcracker had his chance.

He killed the mouse king.

The other mice stopped fighting.[1]

They picked up their king.

They ran away.

The fight was over.

Clara and the nutcracker won!

"Whew! I'm glad that's over."

Clara went to the small bed.

It was large enough for her.

She fell back onto it.

It started to change.

It became a sleigh!

Clara sat up.

☐ **chance** 기회	☐ **large** 큰
☐ **kill** 죽이다	☐ **enough** ~할 만큼 (충분히)
☐ **run away** 도망치다 (run-ran-run)	☐ **change** 변하다
☐ **over** 끝난	☐ **sleigh** 썰매
☐ **win** 이기다 (win-won-won)	☐ **in front** 앞쪽에, 선두에
☐ **glad** 기쁜	☐ **drive** 운전하다, 몰다

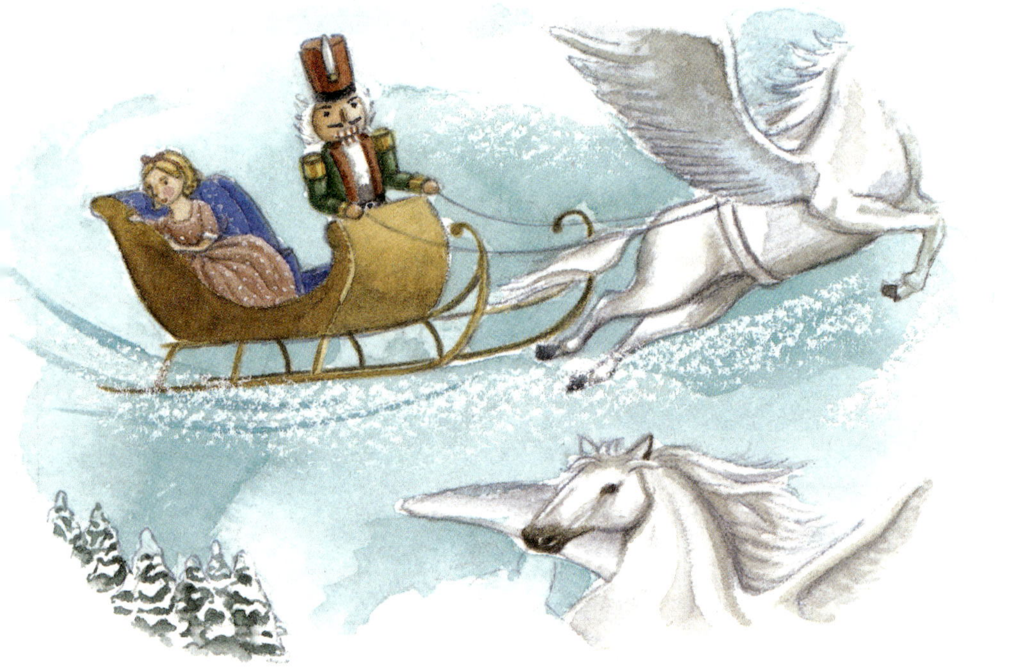

The nutcracker was in front. 호두까기 인형이 앞에 있었어.

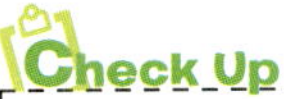

He was driving the sleigh.

Two horses pulled it.

Check Up

누가 썰매를 끌었나요?

ⓐ 말 두 마리 ⓑ 장난감 병정 답: ⓐ

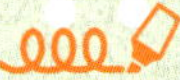

1 다른 쥐들은 싸움을 멈췄다. **→ stop + 동사-ing:** ~하는 것을 멈추다. 한편, 'stop + to부정사'는 '~하기 위해 멈추다'로 의미가 다른 데 유의하세요.

ex I stopped playing the piano. 난 피아노 치는 것을 멈추었다.

I stopped to play the piano. 난 피아노를 치기 위해 멈추었다.

Clara looked around.

They were in a forest.

White snow was everywhere. ✎ 사방이 흰눈이었어.

Clara heard music.

Snowflakes began to fall.

They touched the ground.

They began to dance.

Clara was delighted. ✎ 아주 즐거운 클라라.

"Where are we going?" she asked.

"To the Land of Sweets!" the nutcracker answered.

The nutcracker made the horses go faster.[1]

☐ **look around** 둘러보다
☐ **forest** 숲
☐ **everywhere** 모든 곳에
☐ **snowflake** 눈송이

☐ **touch** 닿다
☐ **ground** 지면, 땅
☐ **delighted** 아주 즐거워하는
☐ **sweets** 단것, 사탕

1   호두까기 인형은 말들이 더 빠르게 달리도록 했다. → **make + A + 동사원형:** A가 ~하게 만들다. 목적어 다음에 반드시 동사원형을 쓰는 데 유의하세요.
  ex The sad story made everyone cry. 그 슬픈 이야기는 모두를 울게 만들었다.

Comprehension Quiz

A 다음 중 클라라에 대해 묘사한 표현을 모두 고르세요.

sweet

jealous

delighted

shy

desperate

energetic

B 다음 내용이 옳으면 T, 틀리면 F에 표시하세요.

❶ The toy soldiers easily defeated the mice and their king. ☐ T ☐ F

❷ The nutcracker drove the sleigh through a forest. ☐ T ☐ F

❸ Clara didn't want to leave her house because she was afraid. ☐ T ☐ F

❹ The nutcracker became as big as Clara. ☐ T ☐ F

Answers

A sweet, delighted, desperate

B ❶ F ❷ T ❸ F ❹ F

C 다음 질문에 알맞은 답을 고르세요.

❶ 대왕 쥐와 싸운 후에 클라라는 어떻게 느꼈나요?

(a) Energetic   (b) Glad   (c) Sad   (d) Embarrassed

❷ 침대는 무엇으로 변했나요?

(a) A boat

(b) A magic carpet

(c) An old cart

(d) A sleigh

D 이야기 전개에 따라 다음 문장을 다시 배열하세요.

❶ Mice attacked the toy soldiers.

❷ The nutcracker drove Clara in a sleigh.

❸ Clara became as small as the nutcracker.

❹ Clara threw her shoe at the mouse king.

________ ⇨ ________ ⇨ ________ ⇨ ________

Answers

C ❶ (b)   ❷ (d)

D ❸ ⇨ ❶ ⇨ ❹ ⇨ ❷

The sleigh left the forest.

Clara couldn't believe her eyes. 클라라는 자기 눈을 의심했어.

There was candy everywhere.

The flowers were candy.

Sugar lay in the fields.

Even the mountains looked sweet. 산조차 달콤해 보였어.

- [ ] **can't believe one's eyes** 자기의 눈을 의심하다
- [ ] **lie** 있다, 위치해 있다 (lie-lay-lain)
- [ ] **field** 들판
- [ ] **even** ~조차, 심지어
- [ ] **sweet** 달콤한
- [ ] **whipped cream** 생크림

Whipped cream covered their tops.

It was whiter than snow. 눈보다 하얬어.

A fairy greeted them.

"I am the Sugar Plum Fairy.

Welcome to the Land of Sweets."

Clara told the fairy about the mouse king.

□ **cover** 덮다　　　　　　　　□ **greet** 환영하다, 맞이하다
□ **top** 꼭대기　　　　　　　　□ **fairy** 요정
□ **whiter** 더 하얀 (white의 비교급)　□ **plum** 자두

The fairy was impressed.

"You are a very brave girl.

The nutcracker is a hero!

We will have a party."

They went to the fairy's castle.

Everyone bowed before them.

Dinner was served.

Think of every delicious food.

It was all there!

After dinner, there was dancing.

Tea cups started the dance.

Hot cocoa was inside the cups.

A giant gingerbread house appeared.

It opened its skirt.

Check Up

요정은 호두까기 인형이 어떻다고 생각했나요?

ⓐ 거짓말쟁이라고   ⓑ 영웅이라고   ⓑ:답정

- ☐ **impressed** 감동받은, 감명받은
- ☐ **brave** 용감한
- ☐ **hero** 영웅
- ☐ **castle** 성
- ☐ **bow** (허리를 굽혀) 절하다
- ☐ **serve** 제공하다, 차려 내다
- ☐ **delicious** 아주 맛있는
- ☐ **tea cup** 찻잔
- ☐ **inside** ~안에, 안으로
- ☐ **giant** 거대한
- ☐ **gingerbread** 생강 쿠키, 생강 케이크
- ☐ **skirt** 덮개

Eight gingerbread children ran out.

They danced around.

Clara laughed. She clapped.

The gingerbread children finished.

They ran under the house.

Then the house left.

☐ **run out** 뛰어 나오다 (run-ran-run)	☐ **officer** 장교
☐ **finish** 끝마치다, 끝내다	☐ **appear** 나타나다, 등장하다
☐ **under** ~아래에	☐ **ask** 부탁하다, 청하다
☐ **silent** 조용한	☐ **amazing** 놀라운, 멋진
☐ **expect** 예상하다, 기대하다	☐ **end** 끝나다

It was silent.

Clara didn't know what to expect.[1]

A handsome officer appeared.

He bowed to the Sugar Plum Fairy.

He asked her to dance. 

Their dance was beautiful.

The music was amazing.

Clara was very happy.

The dance ended.

Clara and the nutcracker clapped.

Check Up

누가 요정에게 춤을 추자고 했나요?

ⓐ An officer ⓑ A doctor 

---

1 클라라는 무엇을 기대해야 할지 몰랐다. → **what to + 동사**: 무엇을 ~할지, 어떻게 ~할지. 한편, 'where to + 동사'는 '어디서 ~할지', 'when to + 동사'는 '언제 ~할지'의 뜻으로 쓰여요.

> **ex** I don't know what to say. 난 뭐라 말해야 할지 모르겠어.
> I don't know where to go. 난 어디로 가야 할지 모르겠어.
> I don't know when to leave. 난 언제 떠나야 할지 모르겠어.

Everyone gathered in front of them. 모두들 그들 앞에 모였어.

They all said, "Thank you!

We enjoyed your visit."

It was time to go. 갈 시간이 되었어.

Clara was sad.

"I don't want this adventure to end!"

"It won't," said the nutcracker. 이 모험이 끝나지 않으면 좋겠어!

"It will continue.

All you need is imagination."[1]

☐ **gather** 모이다
☐ **in front of** ~앞에
☐ **enjoy** 즐기다
☐ **visit** 방문
☐ **adventure** 모험
☐ **end** 끝나다

☐ **won't** ~하지 않을 것이다 (= will not)
☐ **continue** 계속되다
☐ **imagination** 상상력, 상상
☐ **suddenly** 갑자기
☐ **in one's arms** 안고 있는, 품 안에
☐ **seem** ~인 듯하다, ~인 것 같다

Clara woke up suddenly.

She was under the Christmas tree.

The nutcracker was in her arms.

It seemed to be smiling!  미소짓고 있는 것 같았어.

Check Up

클라라가 모험을 계속하기 위해 필요한 것은 무엇인가요?

ⓐ 호두까기 인형　　ⓑ 자신의 상상력　　 정답: b

1　너에게 상상력만 있으면 돼. → **all you need**: 네가 필요한 모든 것. all을 뒤에 있는 you need가 꾸며 주는 거예요. 원래는 all that you need인데 여기서 that이 생략된 거랍니다.

ex Everyone I know loves my cat. 내가 아는 모든 사람들이 우리 고양이를 아주 좋아한다.

CHAPTER THREE

Comprehension Quiz

A 슈거 플럼 요정의 성에 있는 것을 모두 고르세요.

gingerbread house

candy canes

officer

tea cups with hot coco

mouse king

Christmas tree

B 다음 내용이 옳으면 T, 틀리면 F에 표시하세요.

❶ Many kinds of delicious food were in the Sugar Plum Fairy's castle.

T F

❷ After the dances, Clara was tired and wanted to go home.　T F

❸ The mice attacked the Sugar Plum Fairy's castle.　T F

❹ The gingerbread house had eight children.　T F

Answers

A　gingerbread house, officer, tea cups with hot cocoa

B　❶ T　　❷ F　　❸ F　　❹ T

C 다음 질문에 알맞은 답을 고르세요.

❶ 클라라의 이야기를 듣고 요정은 어떻게 느꼈나요?

(a) Angry　　(b) Depressed　　(c) Relieved　　(d) Impressed

❷ 호두까기 인형은 계속되는 모험에 대해 클라라에게 뭐라고 말했나요?

(a) She should just call him.

(b) The Land of the Sweets should not be visited again.

(c) All she needed was imagination.

(d) The mice wanted revenge.

D 이야기 전개에 따라 다음 문장을 다시 배열하세요.

❶ The Sugar Plum Fairy held a party for Clara and the Nutcracker.

❷ An officer asked the Sugar Plum Fairy to dance.

❸ Clara woke up under the Christmas tree.

❹ Eight children danced around.

________ ⇨ ________ ⇨ ________ ⇨ ________

Answers

C　❶ (d)　　❷ (c)

D　❶ ⇨ ❹ ⇨ ❷ ⇨ ❸

Swan Lake
백조의 호수

magician
마술사

evil 사악한
use magic 마법을 부리다
command 명령하다

smoke 연기
explosion 폭발

Before You Read

지그프리드 왕자는 스물 한 살의 생일 날, 사냥을 나갔다가 아름다운 백조들이 노닐고 있는 신비로운 호수를 보게 돼요.

feather
깃털

pure white
순백색의

fall in love 사랑에 빠지다
turn into ~로 변하다

under a spell
마법에 걸린

woods / forest
숲

break the spell
마법을 풀다

swan
백조

go hunting
사냥하러 가다

bow and arrows
활과 화살들

lake shore 호숫가
graceful 우아한
movement 움직임

impressive 인상적인
amazed 놀란
incredible 믿을 수 없는
curious 호기심 많은

spirit 영혼
wave (손을) 흔들다
rise above ~위로 오르다
celebrate 축하하다
dance floor 무도장
jump in the lake 호수에 뛰어들다
drown 물에 빠져 죽다
sink 가라앉다
mask 가면
disguise 변장
I would rather die with you.
차라리 당신과 함께 죽겠소.
I love you with a pure heart.
순수한 마음으로 당신을 사랑합니다.
choose a bride 신붓감을 고르다
catch one's attention 눈길을 사로잡다
tricked 속은
throw a party 파티를 열다
bend down one's knee 한쪽 무릎을 꿇다
costume party 가장무도회
balcony 발코니

The Prince's Birthday

왕자의 생일

It was Prince Siegfried's birthday.

He was 21 years old.

The castle was full of people. 성은 사람들로 꽉 찼어.

- **be full of** ~로 가득하다
- **celebrate** 축하하다
- **greet** 맞이하다, 인사하다
- **attention** 주의, 주목
- **bow** 활
- **arrow** 화살
- **think about** ~에 대해 생각하다
- **marriage** 결혼
- **worried** 걱정하는

Everyone was celebrating.[1]

Young ladies greeted the prince. 젊은 아가씨들은 왕자에게 인사했어.

They all wanted his attention.

The queen saw Siegfried.

She gave Siegfried a present.

It was a beautiful bow and arrows.

"My son, you are a man now.

You should think about marriage." 결혼에 대해 생각해야 한단다.

Siegfried became worried.

1 모든 사람이 축하하고 있었다. → was + 동사 -ing: ~하고 있었다. 과거에 진행되고 있던 일을 표현해요. '과거진행' 시제라고 한답니다.
ex I was listening to music. 난 음악을 듣고 있었다.

Siegfried liked being single. 독신인게 좋았어.

A single man was free.

A single man had no responsibilities.

Siegfried wanted to leave.

He took his bow and arrows.

"Let's go hunting," he told his friends.

They hunted in the woods. 숲에서 사냥을 했어.

Siegfried liked to run.

He ran faster than his friends.[1]

Soon, he was far ahead of them. 곧 친구들보다 멀리 앞서 있었어.

He didn't know this part of the forest.

He heard singing through the trees.

☐ **like 동사-ing** ~하는 것을 좋아하다	☐ **hunt** 사냥하다
☐ **single** 독신인, 미혼인	☐ **woods** 숲
☐ **free** 자유로운	☐ **faster** 더 빨리 (fast의 비교급)
☐ **responsibility** 책임	☐ **far** 멀리
☐ **leave** 떠나다	☐ **ahead of** ~보다 앞선
☐ **take** 가져가다	☐ **part** 지역, 부분
☐ **go hunting** 사냥하러 가다	☐ **through** ~사이로, ~을 통해

왕자는 왜 결혼하지 않는 것이 좋았나요?
ⓐ 사냥하는 것만 좋아해서
ⓑ 자유롭고 책임이 없어서 

1   그는 친구들보다 빠르게 달렸다. ➜ **faster than:** ~보다 빨리. fast(빨리)에 -er
을 붙이면 '더 빨리'라는 뜻이 되죠. 이것을 '비교급'이라고 해요. 비교적 긴 단어는 단어
뒤에 -er을 붙이지 않고 단어 앞에 more를 써요.
cf pretty - prettier / slow - slower / hard - harder
handsome - more handsome / diligent - more diligent

"Who is singing?" Siegfried thought.

He went forward. 앞으로 나아가는 왕자.

He saw a beautiful lake.

The water was clear and blue. 물은 맑고 파랬어.

But most impressive were the swans.[1]

Many, many swans swam on the lake.

Their feathers were pure white.

They shone brightly in the sunlight. 햇빛에 밝게 빛났어.

They moved back and forth.

Their graceful movements were like a dance.

Check Up

지그프리드는 숲 속에서 무엇을 보았나요?

ⓐ 아름다운 달빛   ⓑ 아름다운 백조   정답 ⓑ

- ☐ **forward** 앞으로
- ☐ **lake** 호수
- ☐ **clear** 투명한, 맑은
- ☐ **impressive** 인상 깊은, 감명 깊은
- ☐ **swan** 백조
- ☐ **swim** 헤엄치다, 수영하다 (swim-swam-swum)

- ☐ **feather** 깃털
- ☐ **pure white** 새하얀
- ☐ **back and forth** 앞뒤로, 왔다갔다
- ☐ **graceful** 우아한
- ☐ **movement** 움직임
- ☐ **like** ~처럼

1 하지만 가장 인상 깊은 것은 백조들이었다. ➜ 원래는 But the swans were most impressive.에서 most impressive를 강조하기 위해 문장 앞으로 오게 한 것이에요. 이런 경우 주어와 동사의 자리를 바꾼답니다. '도치' 문장이라고 해요.

One swan caught Siegfried's attention. 지그프리드의 시선을 사로잡는 백조 한마리가 있었어.

It was larger and more beautiful than the others.

It had a crown on its head. 머리에는 왕관을 썼어.

Siegfried was amazed.[1]

He was curious about this swan queen.

☐ **catch one's attention** 주의를 끌다 (catch-caught-caught)	☐ **place** 장소, 곳
☐ **crown** 왕관	☐ **incredible** 믿어지지 않을 정도인
☐ **amazed** 놀란	☐ **reply** 대답하다 (reply-replied-replied)
☐ **curious** 궁금한, 호기심이 많은	☐ **leave** 두고 가다, 그대로 두다
☐ **arrive** 도착하다	☐ **wish** 원하다, 바라다
☐ **lost** 길을 잃은	☐ **stay** 머무르다
	☐ **for a while** 잠시 동안

Suddenly, Siegfried's friends arrived.

"We thought you were lost," they said.

"What is this place?"

"It's incredible, isn't it?" Siegfried replied.

"Please leave me," he told his friends.

"I wish to stay here for a while."

000

1 지그프리드는 놀랐다. → amazed: 놀란. 사람의 감정을 나타내요. 그래서 항상 사람을 주어로 해요. 한편 amazing은 '놀라운'이란 뜻으로, 사물이나 상황에 대해 쓴답니다.

ex I was amazed at the tall tower. 난 그 높은 탑에 놀랐어.
The tall tower was amazing. 그 높은 탑은 놀라웠어.

His friends left, and Siegfried was alone.

Watching the swans gave him peace. 백조들을 보니 평온해졌어.

He felt free, and happy to be alive.

Evening came. The sun went down.

It was getting dark.

백조들이 물가로 헤엄쳤어.

The swans swam to the shore.

- ☐ **alone** 혼자인, 다른 사람 없이
- ☐ **peace** 평화, 평온함
- ☐ **alive** 살아 있는
- ☐ **go down** 내려가다 (go-went-gone)
- ☐ **get + 형용사** ~해지다
- ☐ **dark** 어두운, 캄캄한
- ☐ **shore** 물가, 호숫가
- ☐ **happen** 일어나다, 발생하다
- ☐ **turn into** ~이 되다, ~로 변하다
- ☐ **fall in love** 사랑에 빠지다 (fall-fell-fallen)

Then, something happened to them.

They turned into beautiful women!

One had a crown on her head.

She was the swan queen before.

Now, she was the most beautiful woman.[1]

Siegfried fell in love.

1   이제 그녀는 가장 아름다운 여인이었다. → **the most beautiful:** 가장 아름다운.
'최상급' 표현이에요. 비교적 짧은 단어는 most를 쓰지 않고 단어 뒤에 -est를 붙여요.
ex Math is the most difficult to me. 수학은 나에게 가장 어렵다.
I study math the hardest. 난 수학을 가장 열심히 공부한다.

"Who are you?" he called out.

The woman came to him.

"I am Odette. I am under a spell." 마법에 걸렸어요.

Odette explained.

During the day, she was a swan.

At night, she became human again.

All of the young women were the same.

The spell changed them. 젊은 여인들은 모두 마찬가지였어.

They were all very sad.

The lake was made from their tears.[1]

"Who made this spell?" asked Siegfried.

"It was your teacher, Von Rothbart," said Odette.

"He lives in your castle. 사악한 마법사예요.

He is really an evil magician."

- ☐ **call out** 소리치다
- ☐ **be under a spell** 마법에 걸려 있다
- ☐ **spell** 주문, 마법
- ☐ **explain** 설명하다
- ☐ **human** 인간, 사람
- ☐ **same** 같음, 같은
- ☐ **be made from** ~로 만들어지다
- ☐ **tear** 눈물, 울음
- ☐ **evil** 사악한
- ☐ **magician** 마법사, 마술사

Check Up

누가 젊은 여인들을 백조로 변하게 했나요?

ⓐ 지그프리드의 스승

ⓑ 지그프리드의 아버지

1 호수는 그들의 눈물로 만들어졌다. ➔ be made from: ~로 만들어지다. 재료의 성질이 변하는 경우에 쓰는 표현이에요. 재료의 성질이 변하지 않는 경우에는 be made of를 써요.

ex This soup is made from pumpkin. 이 수프는 호박으로 만들어졌어.

This chair is made of plastic. 이 의자는 플라스틱으로 만들어졌어.

Odette told Siegfried how to break the spell.[1]

"A man must say he loves me. 한 남자가 저를 사랑한다고 말해야 해요.

The man must have a pure heart."

"I can do that," Siegfried said.

Suddenly, there was a loud noise. 갑자기 큰 소리가 났어.

Von Rothbart arrived.

He used his magic.

There were loud explosions.

Siegfried's voice could not be heard.

Smoke covered the lake. 연기가 호수를 덮었어.

☐ **break the spell** 마법을 풀다	☐ **voice** 목소리
☐ **pure heart** 순수한 마음	☐ **smoke** 연기
☐ **magic** 마술, 마법	☐ **cover** 덮다
☐ **loud** 시끄러운	☐ **grab** 붙잡다, 움켜잡다 (grab-grabbed-grabbed)
☐ **noise** 소리, 소음	☐ **order** 명령하다
☐ **explosion** 폭발	☐ **clear** (안개, 연기 등이) 걷히다

Von Rothbart grabbed Odette.

Then, he ordered the women to dance.

The smoke cleared.

Siegfried saw many women dancing.

He could not see Odette.

The women danced away from him.

Soon, he was alone.

1 오데트는 지그프리드에게 마법을 푸는 방법을 말해 주었다. → **how to + 동사:**
~하는 방법, ~하는 법
ex I don't know how to fix the computer. 난 그 컴퓨터 고치는 방법을 모른다.

Comprehension Quiz

A 등장인물과 대사를 바르게 짝지으세요.

❶  • • (a) "I am under a spell."

❷ • • (b) "You should think about marriage."

❸ • • (c) "I wish to stay here for a while."

B 다음 내용이 옳으면 T, 틀리면 F에 표시하세요.

❶ Siegfried wanted to get married.　　T　F

❷ Siegfried couldn't run very fast.　　T　F

❸ Siegfried wanted to be alone at the lake.　　T　F

❹ The swans were really young women.　　T　F

C 다음 질문에 알맞은 답을 고르세요.

❶ 왕비는 지그프리드 왕자에게 무엇을 선물했나요?

(a) A horse

(b) A bow and arrows

(c) A boat

(d) A crown

❷ 호수에 대해 가장 인상적인 점은 무엇인가요?

(a) The mountains surrounding it

(b) The lack of buildings around the lake

(c) The clear blue water

(d) The white swans swimming on it

D 이야기 전개에 따라 다음 문장을 다시 배열하세요.

❶ Siegfried ran through the woods.

❷ Siegfried had a birthday party.

❸ Von Rothbart ordered the women to dance.

❹ Siegfried fell in love with Odette.

_______ ⇨ _______ ⇨ _______ ⇨ _______

Answers

C ❶ (b)   ❷ (d)

D ❷ ⇨ ❶ ⇨ ❹ ⇨ ❸

CHAPTER TWO

An Evil Disguise

사악한 변장

The next day, Siegfried was nervous.

He could only think of Odette.

오직 오데트 생각뿐인 왕자.

He did not tell his parents.

The queen wanted Siegfried to marry.

That evening, she threw a party.

Many young women were invited. 많은 아가씨들이 초대되었어.

It was a costume party.

Everyone wore masks.

"My son, you must choose a bride."[1]

□ **disguise** 변장
□ **nervous** 초조해하는, 긴장한
□ **think of** ~을 생각하다
□ **marry** ~와 결혼하다
□ **throw a party** 파티를 열다 (throw-threw-thrown)
□ **invite** 초대하다

□ **costume party** 가장무도회
□ **mask** 가면
□ **choose** 선택하다
□ **bride** 신부
□ **insist** 고집하다, 주장하다
□ **remove** 벗다

Siegfried couldn't.

His mother insisted.

"Dance with these pretty women.

If you like one, ask her to remove her mask.

Then, you can choose your bride."

Siegfried didn't want to dance.

1 아들아, 반드시 신부를 골라야 한다. ➡ must: ~해야 한다. 같은 의미로 have
to, should 등이 있지만, must의 강도가 가장 세서, 강요나 명령의 느낌이 있어요.
한편, 강한 추측을 나타내는 '~임에 틀림없다'라는 뜻도 있어요.
ex You must do your homework right now. 넌 지금 당장 숙제를 해야 해.
He must be tired. 그는 피곤한 게 분명해.

Von Rothbart saw the prince.

He called for his daughter.

Her name was Odile.

Von Rothbart changed her appearance.

Now, she looked almost the same as Odette.

She went to Siegfried.

□ **call for** ~을 큰 소리로 부르다, 불러내다
□ **change** 바꾸다
□ **appearance** 모습, 외모
□ **almost** 거의

□ **the same as** ~와 같은
□ **surprised** 놀란, 놀라는
□ **behind** 뒤에
□ **follow** 따라가다

Siegfried was surprised and happy.

He thought Odette was behind the mask.[1]

"Odette, how did you…?"

The woman danced away. 

Siegfried followed, and danced with her.

---

1   그는 오데트가 가면 뒤에 있다고(= 가면을 쓰고 있다고) 생각했다. ➜ **주어 + think + (that) 주어 + 동사:** ~라고 생각하다, ~인 것 같다.

    ex I think he is telling a lie. 그가 거짓말하고 있는 것 같아요.

The real Odette came to
the party.
She went to a balcony
over the dance floor.
She wanted to find Siegfried.
Odette saw Siegfried dancing with Odile.[1]
She stopped.
Her heart beat faster. 심장이 더 빨리 뛰었어.

Siegfried couldn't wait any more.
He bent down on one knee. 그는 무릎을 꿇었어.
He looked at Odile.

"I love you with a pure heart. 순수한 마음으로 당신을 사랑합니다.

Will you be my bride?"

Everyone heard this.

Odette was struck with horror. 오데트는 공포에 질렸어.

She didn't understand.

She ran from the balcony.

Siegfried looked up at the movement.

지그프리드는 그 움직임에 올려다 보았어.

He recognized Odette.

He was confused.

"Remove your mask," he commanded.

Odile obeyed.

Siegfried realized his mistake. 지그프리드는 자신의 실수를 깨달았어.

He felt terrible.

He ran after Odette.

Odette ran to the lake.

She joined the other girls.

Siegfried found her there.

□ **be struck with horror** 공포에 휩싸이다	□ **realize** 깨닫다, 알아차리다
□ **understand** 이해하다	□ **mistake** 실수
□ **movement** 움직임	□ **terrible** 끔찍한
□ **recognize** 알아보다	□ **run after** ~을 뒤쫓다 (run-ran-run)
□ **confused** 혼란스러운	□ **join** 합류하다, 함께하다
□ **command** 명령하다, 지시하다	□ **be tricked** 속다, 모략에 걸리다
□ **obey** 시키는 대로 하다, 복종하다	□ **disguise** 변장하다

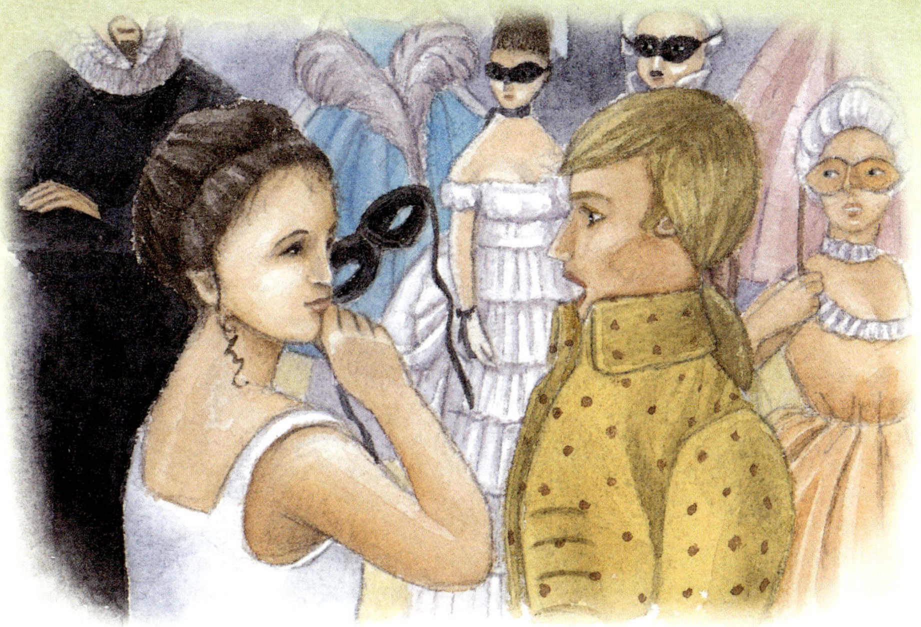

"Odette, I was tricked! 
Von Rothbart disguised his daughter.
I thought she was you."

Check Up

왜 오데트는 파티장에서 도망갔나요?

ⓐ 아침이 되어서

ⓑ 지그프리드가 다른 여자를 사랑한다고 생각해서

정답 : q

Odette smiled.

She forgave Siegfried.

Suddenly, the other girls turned into swans.

Von Rothbart was there!

His daughter Odile was with him.

They were in their true forms.

They were half-human, half-bird.

- ☐ **forgive** 용서하다 (forgive-forgave-forgiven)
- ☐ **form** 모습, 형체
- ☐ **promise** 약속하다
- ☐ **keep one's promise** 약속을 지키다

Von Rothbart spoke,

"You promised to marry Odile. 오딜과 결혼하기로 약속했잖소.

You must keep your promise."

"Never!" yelled Siegfried.

He drew his sword.

Siegfried and Von Rothbart fought.

Siegfried could not win.

The magician was powerful.

☐ **yell** 소리치다, 고함치다
☐ **draw one's sword** 칼을 뽑다
☐ **fight** 싸우다 (fight-fought-fought)
☐ **powerful** 강력한

Siegfried grabbed Odette's hand.

"I will not marry Odile," he said.

"I would rather die with you." 차라리 당신과 죽겠소.

Odette cried and nodded, "Yes."

They jumped in the lake. 그들은 호수에 뛰어들었어.

They did not try to swim.

Instead, they kissed.

They sank under the water, and drowned.

The spell was broken. 마법이 풀렸어.

The other swans changed back into women.

They were sad, but angry.

They gathered around von Rothbart and Odile.

They yelled and pushed.

Von Rothbart tried to fight back.

But he had changed too many women into swans.[1]

☐ **would rather 동사** 차라리 ~하겠다
☐ **nod** 끄덕이다 (nod-nodded-nodded)
☐ **try to 동사** ~하려고 하다
☐ **instead** 대신에
☐ **sink** 가라앉다, 빠지다 (sink-sank-sunk)

☐ **drown** 물에 빠져 죽다
☐ **broken** 깨진
☐ **gather around** ~주변으로 모여들다
☐ **push** 밀다
☐ **fight back** 반격하다

Check Up

왜 지그프리드와 오데트는 물에 빠져 죽었나요?

ⓐ 그들은 수영하려 하지 않았다.

ⓑ 물살이 너무 빨랐다.

1 하지만 그는 너무 많은 여인들을 백조로 바꿔 놓았었다. ➜ **had + 과거분사**: ~
했었다. 과거의 어느 시점보다 먼저 일어난 일을 표현해요. '과거완료' 시제라고 해요.
ex The bus had already left when I arrived at the bus stop. 내가 버스
정류장에 도착했을 때 버스는 이미 떠나 버렸었다.

Von Rothbart's evil caused his defeat. 그의 사악함이 패배를 불렀어.

The women grabbed him and his daughter.

They held von Rothbart and Odile under
the water.

Both of them drowned.

The fight was over.

Suddenly, one of the women pointed.

"Look!" she shouted.

The spirits of Siegfried and Odette could be seen.

They were rising above the lake. 지그프리드와 오데트의 영혼이 보였어.

They were going to heaven.

They looked happy.

They smiled and waved at the young women.

Siegfried and Odette were finally together. 마침내 지그프리드와 오데트는 함께였어.

Check Up

지그프리드와 오데트의 영혼은 어떻게 됐나요?

ⓐ 호수에 머물렀다.

ⓑ 천국에 갔다.

정답 ⓑ

☐ **cause** ~을 야기하다, 초래하다   ☐ **shout** 외치다, 소리치다   ☐ **heaven** 천국
☐ **defeat** 패배   ☐ **spirit** 영혼   ☐ **wave** (손, 발을) 흔들다
☐ **point** (손가락 등으로) 가리키다   ☐ **rise** 오르다   ☐ **finally** 마침내

A 다음 질문에 대한 대답으로 퍼즐을 완성하세요.

What did von Rothbart want Siegfried to do?

⇨ Von Rothbart ❶ w__________ Siegfried to ❷ m__________ his ❸ d__________.

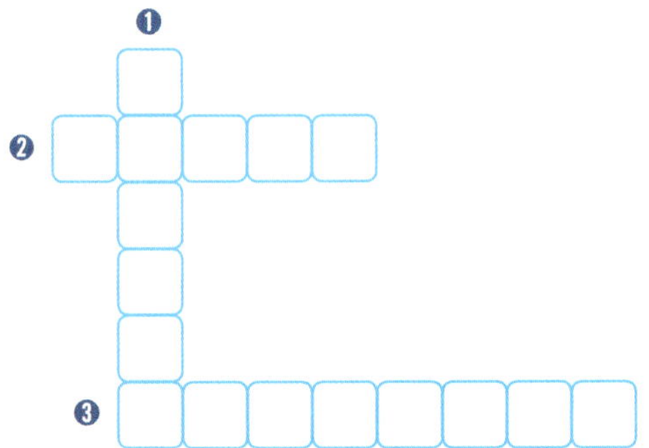

B 다음 내용이 옳으면 T, 틀리면 F에 표시하세요.

❶ At the party, Siegfried thought Odile was Odette.　T　F

❷ Siegfried asked Odile to marry him.　T　F

❸ Just a few women were changed to swans.　T　F

❹ Siegfried was stronger than von Rothbart.　T　F

C 등장인물과 대사를 알맞게 짝지으세요.

❶   •   • (a) "You must keep your promise."

❷   •   • (b) "I forgive you."

❸   •   • (c) "Choose your bride!"

D 이야기 전개에 따라 다음 문장을 다시 배열하세요.

❶ Odette ran from the dance party.

❷ Von Rothbart disguised his daughter.

❸ Odette and Siegfried drowned.

❹ Siegfried and von Rothbart fought.

_______ ⇨ _______ ⇨ _______ ⇨ _______

권말부록

독해 길잡이 | 리스닝 길잡이

독해 길잡이

영문 독해력 증강을 위한 영어의 **뼈대 읽기 연습**

독해를 잘하기 위한 첫 관문은 영어 문장의 구조를 잘 이해하는 것입니다.
아무리 복잡해 보이는 문장이라도 기본 뼈대만 알면 문제없이 해결할 수 있습니다.
영어 문장은 주로 어떤 형태로 이루어지는지 알아봅시다.

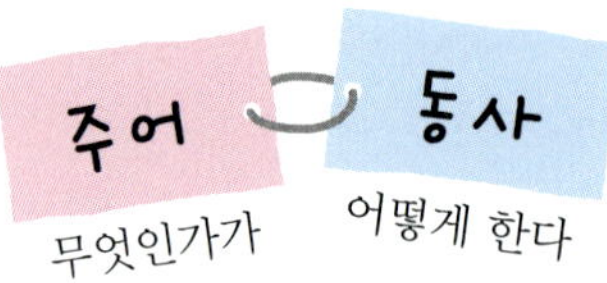

He runs (very fast).
그는 달린다 (아주 빨리)

It is raining .
비가 오고 있다

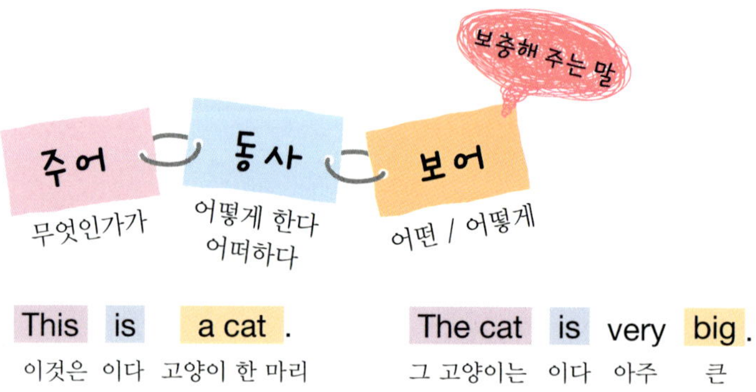

This is a cat .
이것은 이다 고양이 한 마리

The cat is very big .
그 고양이는 이다 아주 큰

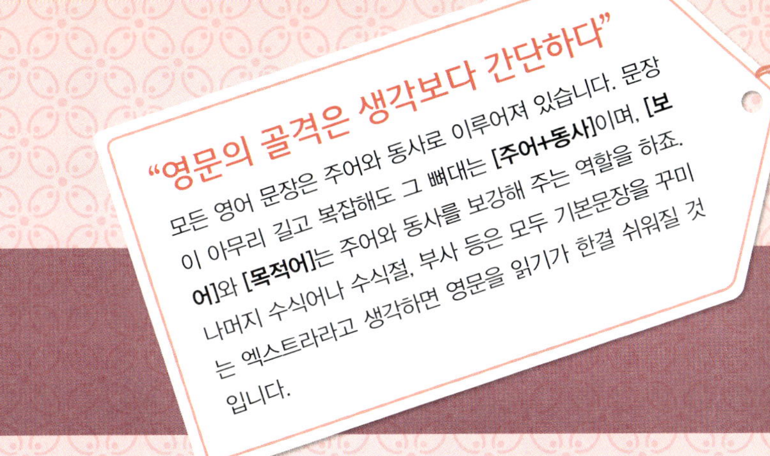
"영문의 골격은 생각보다 간단하다"
모든 영어 문장은 주어와 동사로 이루어져 있습니다. 문장이 아무리 길고 복잡해도 그 뼈대는 [주어+동사]이며, [보어]와 [목적어]는 주어와 동사를 보강해 주는 역할을 하죠. 나머지 수식어나 수식절, 부사 등은 모두 기본문장을 꾸미는 엑스트라라고 생각하면 영문을 읽기가 한결 쉬워질 것입니다.

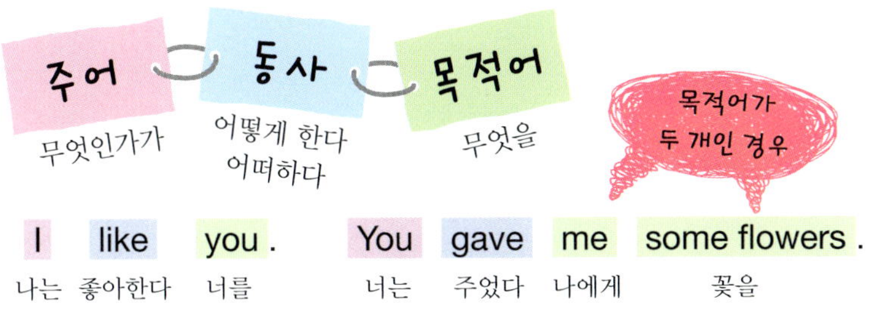
주어 동사 목적어
무엇인가가 어떻게 한다 무엇을
어떠하다
목적어가 두 개인 경우
I like you .
나는 좋아한다 너를
You gave me some flowers .
너는 주었다 나에게 꽃을

주어 동사 목적어 보어
무엇인가가 어떻게 한다 무엇을 어떻게
어떠하다 무엇에 대해 어떠하게
You make me happy .
너는 만든다 나를 행복하게
I saw him running .
나는 보았다 그를 뛰는

A special guest　　arrived .
한 특별한 손님이　　도착했다

He　was　Clara and Fritz's godfather .
그는　~이었다　클라라와 프리츠의 대부

His name　was　Drosselmeyer .
그의 이름은　~이었다　드로셀마이어

Everyone　liked　him .
모두가　좋아했다　그를

He　was　a very clever man .
그는　~이었다　아주 영리한 사람

He　made　clocks and toys .
그는　만들었다　시계와 장난감을

He　liked　to surprise people .
그는　좋아했다　사람들을 놀라게 하는 것을

Every year, he　made　special gifts .
매년　그는　만들었다　특별한 선물들을

This year, he　made　two large dolls .
올해　그는　만들었다　두 개의 큰 인형을

Their faces　were　brightly　painted .
그들의 얼굴은　환하게　칠해졌다

Drosselmeyer　made　them　dance .
드로셀마이어는　~하게 했다　그들이　춤추게

Everyone　was　amazed .
모두가　~이었다　놀란

Odette told Siegfried how to break the spell.
오데트는 말했다 지그프리드에게 마법을 푸는 방법을

"A man must say he loves me.
"한 사람이 ~해야 해요 말하다 그가 나를 사랑한다고

The man must have a pure heart."
그 남자는 ~해야 해요 가지다 순수한 마음을

"I can do that," Siegfried said.
"나는 ~할 수 있어요 하다 그것을" 지그프리드가 말했다

Suddenly, there was a loud noise.
갑자기 ~있었다 시끄러운 소리가

Von Rothbart arrived.
폰 로스바르트가 도착했다

He used his magic.
그는 썼다 그의 마술을

There were loud explosions.
~있었다 요란한 폭발이

Siegfried's voice could not be heard.
지그프리드의 목소리는 ~할 수 없었다 들렸다

Smoke covered the lake.
연기가 덮었다 호수를

Von Rothbart grabbed Odette.
폰 로스바르트가 잡았다 오데트를

Then, he ordered the women to dance.
그런 다음 그는 명령했다 여인들에게 춤출 것을

리스닝 길잡이

이제는 CD를 가지고 〈호두까기 인형/백조의 호수〉를 귀로 즐겨 봅시다. 영문을 들을 때에는 아래의 듣기 요령과 함께 영어의 특징적인 발음 현상 몇 가지만 알고 있으면 훨씬 쉽게 알아들을 수 있습니다.

첫째 | 영어의 리듬을 타세요.

우리말은 각 글자가 모두 한 박자씩이라면 영어는 절대 그렇지 않습니다. 영어는 발음이 강한 부분과 약한 부분이 연속되면서 리듬을 만들어 냅니다. 즉 단어마다 있는 강세가 문장의 강세가 되어 각 문장마다 고유한 리듬을 만들어 나가게 되는 것입니다. 따라서 영어를 말하거나 들을 때 영어의 리듬을 타는 것은 필수적입니다. 이 리듬이 몸에 익으려면 연습이 많이 필요합니다. 우선 각 단어의 강세가 어디에 있는지 파악하는 것부터 시작합시다.

둘째 | 강하게 들리는 말 위주로 들으세요.

영어에서는 의미를 전달하는 데 중요한 역할을 하는 단어나 표현을 강하게 발음합니다. 따라서 크게 들리는 말부터 신경 쓰세요. 영어를 처음 들을 때는 모든 단어를 다 듣는 것보다는 자기가 듣는 말이 무슨 의미인지 파악하는 것이 우선입니다. 작게 들리는 말은 대부분 관사나 조동사 등 전체 내용에서 주요한 역할을 하지 못하는 것입니다. 지금 단계에서는 무시하셔도 좋습니다.

셋째 | 이어지는 말에 주의하세요.

영어는 눈으로 볼 때는 단어들이 각각 떨어져 있어 문제 없지만 들을 때는 사정이 달라집니다. 우리말과 마찬가지로 영어도 앞뒤 단어의 음이 합쳐지는 경우가 많습니다. 예를 들어 '옷을 벗다'의 의미인 take off는 [테이크 어프]가 아니라 [테이커프]처럼 한 단어같이 들리게 됩니다. 이런 것을 '연음 현상'이라고 하지요.

★ 이제 영어 리스닝에서 주의해야 할 매우 기초적인 사항을 알게 되었습니다.

이번에는 영어를 들으면서 한 가지 재미있는 연습을 해봅시다.

섀도잉(shadowing)이라는 것입니다. shadow가 '그림자'란 의미이죠?

이 단어가 동사로는 '그림자처럼 따라다니다'라는 뜻으로 쓰입니다.

바로 테이프에서 성우가 하는 말을 몇 박자 뒤에 그대로 따라하는 것이지요.

성우가 말하는 속도, 그리고 힘을 주는 부분, 약하게 읽는 부분, 말을 멈추는 부분을

앵무새처럼 똑같이 따라해 보세요.

자기도 모르는 사이에 영어 말하기와 듣기 실력이 쑥쑥 늘어날 것입니다.

이 방법은 전문가들 사이에서도 효과가 입증되어 있답니다.

물론 각각의 어구와 문장들이 무슨 뜻인지 생각하면서 읽으셔야겠죠.

자기가 따라할 수 있는 부분까지 듣고 CD를 멈춘다.
그리고 큰 소리로 따라한다.

자기가 따라할 수있는 부분까지 듣고 큰 소리로 따라한다.
소리내어 말하는 동시에 CD에서 나오는 소리를 들으며 돌림노래 부르듯
따라한다.

1, 2단계 때보다 조금씩 더 많이 들으며 섀도잉한다.

즐거운 리스닝 연습

The Nutcracker

CHAPTER ONE : page 12

It was Christmas Eve. The Stahlbaum family was (❶).
They had a Christmas party every year. Clara was the
(❷) daughter. Fritz was the energetic son. Everyone
decorated the Christmas tree. It (❸) in their living
room.

❶ **excited** [익싸이릳] 미국영어에서 t는 모음 사이에 위치하면 흔히 /r/로 발음돼요. 이렇게 t가 /r/로 발음되는 현상은 강조해서 말할 때나 영국영어에서는 일어나지 않아요

❷ **sweet** [ㅅ윗] sweet는 '스위트'가 아니에요. 마지막 t음을 앞 모음의 받침처럼 소리 내야 자연스러워요. 우리가 흔히 쓰는 외래어나 외국어의 발음과 원 발음이 상당히 틀린 경우가 많아요. 아는 단어라 생각해서 발음까지 쉽게 생각하기 쉬운데, 이렇게 예상과 다른 발음이 리스닝에 걸림돌이 될 수 있답니다.

❸ **stood** [ㅅ뚜ㄷ] s 다음에 p, t, k 음이 오면 된소리로 발음되는 경향이 있어요.

CHAPTER TWO : page 26

There (❶) clock in Clara's house. It was a big clock. It

had a bell. (❷   ) came. The bell rang. The sound woke
Clara up. She felt strange. Everything was getting bigger.
But that (❸   ). She was getting smaller. She was as
small as the nutcracker.

❶ **was a** [워저] was의 /z/음과 a가 연음되어 [워저]처럼 발음돼요. 이렇게 자음으
로 끝나는 단어와 모음으로 시작되는 단어가 이어지면 종종 연음되어 우리가 예상
하는 발음과 다르게 들리기 십상이에요. 흔히 쓰이는 표현에 연음현상이 잘 일어나
면 발음도 함께 익혀 두세요.

❷ **Midnight** [믿나잇] midnight의 발음은 '미드나이트'가 아니에요. 특히 마지막 t
는 매우 약하게 들려요. '트' 하고 발음하기보다는 '으'음을 빼고 자음 'ㅌ' 소리만 내
야 자연스러워요. 빨리 말할 때는 아예 발음되지 않기도 해요.

❸ **wasn't true** [워즌트루] wasn't의 -t와 true의 t-가 이어져 있어요. 이렇게 같은
음이 연속되면 영어에서는 한 번에 묶어서 발음하는 경향이 있어요.   이 현상은 한
단어 안에서도 일어나는데, 예를 들어 summer는 '썸머'가 아니라 [써머]처럼 발음
해요.

The sleigh (❶   ) forest. Clara couldn't (❷   ) her eyes. There was candy everywhere. The flowers were candy. Sugar lay in the fields. Even the mountains looked sweet. Whipped cream covered their tops. It was (❸   ) than snow.

❶ **left the** [레f프(ㅌ)더] left의 -t와 the의 th-가 이어지면서 한 번에 발음돼요. 같은 자음이 2개 연속되는 경우와 마찬가지로 비슷한 음이 이어져도 한 번에 발음하는 현상이 일어나요.

❷ **believe** [빌리브/블리브] believe는 2음절에 강세가 있어요. 이런 경우 앞의 음절은 상대적으로 더 약하게 들려요. be-는 /비/보다는 /브/로 들리기도 해요.

❸ **whiter** [와이러r] whiter의 -t-는 모음 사이에 끼게 되어 /r/로 발음되었어요.

Swan Lake

It was Prince Siegfried's birthday. He was (❶   ) years old. The castle was full of people. Everyone was celebrating. Young ladies greeted the prince. They all (❷   ) his attention. The queen saw Siegfried. She gave Siegfried a present. It was a beautiful (❸   ).

❶ **21(twenty-one)** [트웬티원/트웨니원] twenty는 흔히 [트웨니]로 발음돼요. 미국인들은 -nt-가 이어지면 t음을 생략하는 습관이 있답니다.

❷ **wanted** [원티드/워니ㄷ] 여기서도 n 다음의 t가 생략되는 현상이 일어나요. 단, 특별히 강조해서 발음하는 경우에는 그대로 [원티ㄷ]로 발음해요.

❸ **bow and arrows** [보우앤애로우ㅈ] 영어는 의미상 중요한 단어에 확실하게 강세를 주는 반면, 그다지 중요하지 않은 단어는 약하고 빠르게 발음하는 경향이 있어요. 명사, 동사, 형용사 등은 대부분 강하게 읽지만, 관사, 접속사, 전치사 등은 약하게 발음되죠. and도 [앤]이나 [은] 정도로 약하게 발음하는 경우가 많답니다.

CHAPTER TWO : page 66

The (　❶　), Siegfried was nervous. He (　❷　) only think of Odette. He did not tell his parents. The queen wanted Siegfried to marry. That evening, she threw a party. Many young (　❸　) were invited. It was a costume party.

❶ **next day** [넥ㅅ(ㅌ)데이] next의 -xt와 day의 d-가 이어지면서 자음 3개가 연속되었어요. 이런 경우에는 가운데 자음은 발음이 생략되기 쉬워요.

❷ **could** [쿳/쿠] could는 조동사로, 동사에 비해 비중있는 단어는 아니지요. 이런 경우 발음이 매우 약해져요. 짧게 [쿳]이나 [쿠]처럼 발음되기 쉽답니다. 참고로, 조동사 would도 [웃]이나 [우]로 가볍게 소리내요.

❸ **women** [위민] woman의 복수형이죠. 참고로, woman의 발음을 흔히 [우먼]으로 알고 있는데, 이것도 콩글리시의 영향이에요. woman은 1음절에 강세를 주어 [워먼]처럼 발음해야 해요.

Listening Comprehension

A 다음을 듣고 옳은 단어에 표시하세요.

1. Siegfried liked to (run / learn).

2. Their feathers were (pure / fur) white.

3. Smoke covered the (rake / lake).

4. It had a toy (lord / sword) on its belt.

5. The big clock had a (bell / dell).

B 다음 문장을 듣고 빈칸을 채운 후, 내용이 옳으면 T, 틀리면 F에 표시하세요.

1. The king gave Siegfried a ______________.　T　F

2. Von Rothbart ____________ his daughter.　T　F

3. Drosselmeyer made two ____________ ____________.　T　F

4. The shoe ____________ the mouse king's ____________.　T　F

5. "I want this ____________ to ____________!" said Clara.　T　F

Answers

A　1 run　2 pure　3 lake　4 sword　5 bell

B　1 The king gave Siegfried a <u>present</u>. (F)

　　2 Von Rothbart <u>disguised</u> his daughter. (T)

　　3 Drosselmeyer made two <u>large dolls</u>. (T)

　　4 The shoe <u>hit</u> the mouse king's <u>chest</u>. (F)

　　5 "I want this <u>adventure</u> to <u>end</u>!" said Clara. (F)

C 다음 문제를 듣고 알맞은 답을 고르세요.

❶ _______________________________________?

   (a) He was free.

   (b) He liked to hunt.

   (c) He got many presents.

❷ _______________________________________?

   (a) a demon

   (b) part pig, part human and part bear

   (c) half human, half bird

❸ _______________________________________?

   (a) steam engines

   (b) musical instruments

   (c) clocks and toys

❹ _______________________________________?

   (a) powdered sugar

   (b) whipped cream

   (c) candy flowers

Answers

C ❶ What did Siegfried like about being single? (a)

   ❷ What was von Rothbart's true form? (c)

   ❸ What did Drosselmeyer make? (c)

   ❹ What covered the mountains in the Land of Sweets? (b)

전문 번역

 # 호두까기 인형

p. 12-13   크리스마스 이브였다. 스탈바움 씨 가족은 신이 났다. 그들은 매년 크리스마스 파티를 열었다. 클라라는 상냥한 딸이었다. 프리츠는 활기 넘치는 아들이었다. 모두가 크리스마스 트리를 장식했다. 그것은 그들의 거실에 서 있었다. 그것은 키가 컸고 웅장했다. 저녁이 왔다. 부모님의 친구들이 도착했다. 아이들의 친구들도 왔다. 먹을 것이 많았다. 놀거리들이 있었다. 그들은 음악에 맞춰 춤을 추었다.

p. 14-15   특별한 손님이 도착했다. 그는 클라라와 프리츠의 대부였다. 그의 이름은 드로셀마이어였다. 모든 사람이 그를 좋아했다. 그는 매우 똑똑한 사람이었다. 그는 시계와 장난감을 만들었다. 그는 사람들을 놀라게 하는 것을 좋아했다. 매년 그는 특별한 선물을 만들었다. 올해 그는 큰 인형 두 개를 만들었다. 그들의 얼굴은 밝게 칠해졌다. 드로셀마이어는 그것들을 춤추게 만들었다. 모두가 놀랐다. 드로셀마이어는 선물을 더 가지고 있었다. 그는 아이들에게 이것들을 주었다. 소녀들은 아름다운 중국 인형을 받았다. 소년들은 소리가 큰 장난감 트럼펫을 받았다.

p. 16-17   드로셀마이어는 몇 개의 특별한 선물을 가지고 있었다. 이것들은 자신의 대자녀를 위한 것이었다. 프리츠는 장난감 드럼을 가졌다. 드로셀마이어는 클라라에게 선물을 주었다. 그것은 최고로 좋은 것이었다. 그것은 장난감 병정 같이 생겼다. 그것은 빛나는 빨간 제복을 입고 있었다. 높고 검은 모자를 머리에  쓰고 있었다. 그것은 허리띠에 장난감 검을 차고 있었다. 그것은 특별한 능력이 있었다. 그것은 견과를 깰 수 있었다. 클라라는 그것의 입 안에 호두를 넣었다. 그녀는 입을 눌러서 닫았다. 쩍! 호두가 부서져 열렸다.

p. 18-19   아이들 모두가 놀랐다. 하지만 프리츠는 샘이 났다. 그는 호두까기 인형을 움켜잡았다. 그는 그것을 친구들 중 한 명에게 던졌다. 소년들이 웃었다. 그것은 새로운 놀이였다. 클라라는 한 소년에서 다른 소년에게로 뛰어다녔다. 소년들마다 호두까기 인형을 던졌다. 또 다른 소년이 그것을 잡았다. 마침내 일이 벌어졌다. 한 소년이 잡지 못하고 놓친 것이었다. 호두까기 인형이 바닥으로 떨어졌다. 끔찍하게 부서졌다. 호두까기 인형이 두 동강이 났다!

p. 20-21   아이들 모두 동작을 멈췄다. 클라라는 울기 시작했다. 드로셀마이어가 돌아보았다. "아, 여기 무슨 일이 있었니? 울지 마, 사랑스런 클라라." 그 노인은 손을 흔들었다. 작은 천 한 장이 나타났다. 드로셀마이어는  인형을 집어 들었다. 그는 그것을 천으로 덮었다. 그는 그것을 밀었다. 그는 그것을 잡아당겼다. 그러고 나서 그는 천을 치웠다. 호두까기 인형은 고쳐졌다. 클라라는 기뻐서 팔짝 뛰었다. 그녀는 손뼉을 쳤다. "아, 고맙습니다. 고맙습니다!"

p. 22-23 그 노인은 작은 침대를 만들었다. 그는 그것을 크리스마스 트리 밑에 놓았다. 그는 그것 위에 호두까기 인형을 놓았다. 많은 장난감 병정들이 근처에 있었다. 시간이 늦어졌다. 모두들 피곤했다. 손님들은 떠나기 시작했다. 그들은 스탈바움 가족에게 감사의 말을 전했다. 아이들은 잠자리에 들었다. 클라라는 잠을 잘 수 없었다. 그녀는 일어났다. 그녀는 트리가 있는 곳에 갔다. 그녀는 호두까기 인형을 집어 들었다. 그러고 나서 그녀는 트리 아래에 누웠다. 호두까기 인형은 그녀의 팔에 안겨 있었다. "난 다시는 널 잃고 싶지 않아." 클라라는 잠이 들었다.

[제 2 장] 모험이 시작되다

p. 26-27 클라라의 집에는 시계가 하나 있었다. 그것은 큰 시계였다. 그것에는 종이 있었다. 자정이 되었다. 종이 울렸다. 그 소리는 클라라를 깨웠다. 그녀는 이상한 느낌이 들었다. 모든 것이 커지고 있었다. 하지만 그것은 사실이 아니었다. 그녀가 작아지고 있었던 것이다. 그녀는 호두까기 인형만큼 작았다. 장난감들이 움직이기 시작했다. 그것들은 살아 있었다! 클라라는 검은 형체들을 보았다. 그것들은 점점 더 가까이 왔다. 그것들은 쥐였다.

p. 28-29 큰 대왕 쥐가 그들을 이끌었다. 그것들은 못돼 보였다. 호두까기 인형은 장난감 병정들에게 소리쳤다. "한 줄로 서라, 병사들! 준비하라!" 장난감 병정들은 명령을 따랐다. 병정들은 검을 뽑았다. 그들은 쥐들과 싸웠다. 호두까기 인형은 용감했다. 하지만 쥐들이 많았다. 클라라와 장난감들은 포위당했다. 상황은 절망적이었다. 클라라는 필사적이었다. 그녀는 자신의 신발을 움켜잡았다. 그녀는 대왕 쥐에게 그것을 던졌다. 그녀는 힘차게 던졌다. 그 신발은 대왕 쥐의 이마에 맞았다. 대왕 쥐는 뒤로 넘어졌다.

p. 30-31 호두까기 인형은 기회를 잡았다. 그는 대왕 쥐를 죽였다. 다른 쥐들은 싸움을 멈췄다. 쥐들은 자신들의 왕을 들어올렸다. 쥐들은 도망갔다. 싸움은 끝났다. 클라라와 호두까기 인형이 이겼다! "후유! 싸움이 끝나서 기뻐." 클라라는 작은 침대로 갔다. 그것은 그녀에게 넉넉할 정도로 컸다. 그녀는 침대 위로 털썩 누웠다. 그것은 변하기 시작했다. 그것은 썰매가 되었다! 클라라는 일어나 앉았다. 호두까기 인형이 앞쪽에 있었다. 그는 썰매를 몰고 있었다. 두 마리의 말이 그것을 끌었다.

p. 32-33 클라라는 주위를 둘러보았다. 그들은 숲 속에 있었다. 사방에 하얀 눈이 있었다. 클라라는 음악소리를 들었다. 눈송이들이 떨어지기 시작했다. 그것들은 땅에 닿았다. 그것들은 춤을 추기 시작했다. 클라라는 즐거웠다. "우린 어디로 가고 있는 거지?" 그녀가 물었다. "사탕 나라로!" 호두까기 인형이 대답했다. 호두까기 인형은 말들이 더 빨리 달리게 했다.

p. 36-37　썰매는 숲을 벗어났다. 클라라는 자신의 눈을 의심했다. 사방에 사탕이 있었다. 꽃들은 사탕이었다. 설탕이 들판에 펼쳐져 있었다. 산들조차 달콤해 보였다. 생크림이 산 정상에 덮여 있었다. 그것은 눈보다 더 하였다. 한 요정이 그들을 맞았다. "나는 슈가 플럼 요정이야. 사탕 나라에 온 걸 환영해." 클라라는 요정에게 대왕 쥐에 대해 얘기했다.

p. 38-39　요정은 감명받았다. "너는 매우 용감한 소녀구나. 호두까기 인형은 영웅이야! 우리는 파티를 열 거야." 그들은 요정의 성으로 갔다. 모두가 그들 앞에서 절을 했다. 저녁식사가 나왔다. 맛있는 음식을 모두 떠올려 보라. 모두 거기에 있었다! 저녁식사 후에는 무도회가 열렸다. 찻잔들이 춤을 추기 시작했다. 뜨거운 코코아가 컵 안에 있었다. 거대한 생강 쿠키 집이 나타났다. 그것은 덮개를 열었다.

p. 40-41　여덟 명의 생강 쿠키 아이들이 뛰어나왔다. 그들은 춤추며 돌아다녔다. 클라라는 웃었다. 그녀는 손뼉을 쳤다. 생강 쿠키 아이들은 춤을 마쳤다. 그들은 집 아래로 뛰어갔다. 그러고 나서 그 집은 떠났다. 조용했다. 클라라는 무슨 일이 있을지 몰랐다. 잘생긴 장교가 나타났다. 그는 슈가 플럼 요정에게 절을 했다. 그는 그녀에게 춤을 청했다. 그들의 춤은 아름다웠다. 음악은 멋졌다. 클라라는 매우 행복했다. 춤이 끝났다. 클라라와 호두까기 인형은 손뼉을 쳤다.

p. 42-43　모두가 그들 앞에 모였다. 그들 모두는 말했다, "고마워요! 우리는 당신들이 찾아와서 즐거웠어요." 이제 길 시간이었다. 클라라는 슬펐다. "난 이 모험이 끝나는 걸 원치 않아!" "끝나지 않을 거야." 호두까기 인형이 말했다. "계속될 거야. 너에게 상상력만 있으면 돼." 클라라는 갑자기 잠에서 깨었다. 그녀는 크리스마스 트리 아래에 있었다. 호두까기 인형이 그녀의 팔에 안겨 있었다. 그것은 웃고 있는 것 같았다!

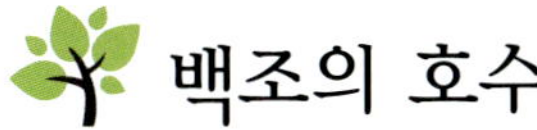

백조의 호수

[제 1 장] 왕자의 생일

p. 50-51　지그프리드 왕자의 생일이었다. 그는 스물한 살이었다. 성은 사람들로 가득했다. 모든 사람이 축하하고 있었다. 젊은 여성들이 왕자에게 인사했다. 그들은 모두 그의 관심을 끌길 원했다. 왕비는 지그프리드를 보았다. 그녀는 지그프리드에게 선물을 주었다. 그것은 아름다운 활과 화살이었다. "아들아, 너는 이제 성인남자야. 결혼에 대해 생각해야 한단다." 지그프리드는 걱정이 되었다.

p. 52-53　지그프리드는 독신으로 지내는 것이 좋았다. 독신남자는 자유로웠다. 독신남자는 책임이 없었다. 지그프리드는 떠나고 싶었다. 그는 활과 화살을 집었다. "사냥 가자." 그는 친구들에게 말했다. 그들은 숲 속에서 사냥을 했다. 지그프리드는 달리기를 좋아했다. 그는 친구들보다 빠르게 달렸다. 곧, 그는 그들보다 훨씬 앞섰다. 그는 숲 속의 이쪽 지역은 몰랐다. 그는 나무들 사이로 노래 소리를 들었다.

p. 54-55　"누가 노래하고 있지?" 지그프리드는 생각했다. 그는 앞으로 나아갔다. 그는 아름다운 호수를 보았다. 물은 맑고 파랬다. 하지만 가장 인상 깊은 것은 백조들이었다. 많고 많은 백조가 호수에서 헤엄을 쳤다. 백조의 깃털은 새하얬다. 그것들은 햇빛에 밝게 빛났다. 그것들은 앞뒤로 왔다갔다했다. 그것들의 우아한 움직임은 춤을 추는 것 같았다.

p. 56-57　한 마리의 백조가 지그프리드의 관심을 끌었다. 그것은 다른 백조들보다 더 크고 아름다웠다. 그것은 머리에 왕관을 쓰고 있었다. 지그프리드는 놀랐다. 그는 이 백조 여왕에 대해 궁금해졌다. 갑자기 지그프리드의 친구들이 도착했다. "우린 왕자님이 길을 잃으신 줄 알았어요." 그들이 말했다. "이곳은 어떤 곳이지요?" "굉장하지, 그렇지 않아?" 지그프리드가 대답했다. "날 두고 가." 그는 친구들에게 말했다. "잠시 동안 여기에 머물고 싶구나."

p. 58-59　그의 친구들은 떠났고 지그프리드는 홀로 있었다. 백조들을 보는 것은 그에게 평온함을 주었다. 그는 해방감을 느꼈고 살아 있는 것이 기뻤다. 저녁이 왔다. 해가 졌다. 어두워지고 있었다. 백조들이 호숫가로 헤엄쳐왔다. 그러고 나서 그것들에게 무슨 일이 일어났다. 그것들이 아름다운 여인들로 변한 것이었다! 한 여인은 머리에 왕관을 쓰고 있었다. 그녀는 아까 그 백조여왕이었다. 이제 그녀는 가장 아름다운 여인이었다. 지그프리드는 사랑에 빠졌다.

p. 60-61　"당신은 누구요?" 그는 외쳤다. 그 여인은 그에게 왔다. "저는 오데트예요. 저는 마법에

걸렸어요." 오데트가 설명했다. 낮 동안 그녀는 백조였다. 밤에 그녀
는 다시 인간이 되었다. 젊은 여인들이 모두 그와 같았다. 마법이 그
들을 변하게 했다. 그들은 모두 매우 슬펐다. 호수는 그들의 눈물로
만들어진 것이었다. "누가 이 마법을 만들었소?" 지그프리드가 물었다.
"당신의 스승인 폰 로스바르트가요." 오데트가 말했다. "그는 당신의 성에
살고 있어요. 그는 정말 사악한 마법사예요."

p. 62-63   오데트는 지그프리드에게 마법을 푸는 방법을 말해 주었다.
"한 남자가 저를 사랑한다고 말해야 해요. 그 남자는 순수한 마음을 가지
고 있어야만 해요." "내가 할 수 있소." 지그프리드가 말했다. 갑자기 큰
소리가 났다. 폰 로스바르트가 도착했다. 그는 마법을 부렸다. 요란한 폭
발이 있었다. 지그프리드의 목소리는 들리지 않았다. 연기가 호수를 뒤덮
었다. 폰 로스바르트가 오데트를 붙잡았다. 그러고 나서 그는 여인들에게 춤을 추도록 명령했다. 연
기가 걷혔다. 지그프리드는 많은 여인들이 춤추는 것을 보았다. 그는 오데트를 볼 수 없었다. 여인들
은 춤을 추면서 그에게서 멀어져 갔다. 곧 그는 혼자 남게 되었다.

[제 2 장] 사악한 변장

p. 66-67   그 다음날, 지그프리드는 초초했다. 그는 오데트만 생각났
다. 그는 부모님에게 말하지 않았다. 왕비는 지그프리드가 결혼하길 원
했다. 그날 저녁, 그녀는 파티를 열었다. 많은 젊은 여성들이 초대되었
다. 그것은 가장무도회였다. 모든 사람이 가면을 썼다. "내 아들아, 넌
신부를 골라야 해." 지그프리드는 그럴 수 없었다. 어머니는 강요했다.
"이 아름다운 여성들과 춤을 추렴. 만약 그 중 한 명이 마음에 들면, 그녀에게 가면을 벗으라고 해.
그럼 넌 신부를 선택할 수 있잖니." 지그프리드는 춤을 추고 싶지 않았다.

p. 68-69   폰 로스바르트는 왕자를 보았다. 그는
자신의 딸을 불렀다. 그녀의 이름은 오딜이었다. 폰
로스바르트는 그녀의 외모를 바꾸었다. 이제 그녀는
오데트와 거의 비슷해 보였다. 그녀는 지그프리드에
게 갔다. 지그프리드는 놀랍고 기뻤다. 그는 오데트
가 가면을 쓰고 있는 줄 알았다. "오데트, 어떻게 당신이…?" 그 여인은 춤추며 멀어져 갔다. 지그프
리드는 따라가서 그녀와 춤을 추었다.

p. 70-71   진짜 오데트가 파티에 왔다. 그녀는 무도장 위에 있는 발코
니로 갔다. 그녀는 지그프리드를 찾고 싶었다. 오데트는 지그프리드가 오
딜과 춤을 추는 것을 보았다. 그녀는 멈춰섰다. 그녀의 심장이 더 빠르게
뛰었다. 지그프리드는 더 이상 기다릴 수 없었다. 그는 한쪽 무릎을 굽혔
다. 그는 오딜을 보았다. "나는 순수한 마음으로 당신을 사랑하오. 내 신
부가 되어 주겠소?" 모든 사람이 이 말을 들었다.

p. 72-73 　오데트는 공포에 휩싸였다. 그녀는 이해할 수 없었다. 그녀는 발코니에서 뛰어 나갔다. 지그프리드는 그 움직임에 위를 보았다. 그는 오데트를 알아보았다. 그는 혼란스러웠다. "가면을 벗어 보시오." 그는 명령했다. 오딜은 지시에 따랐다. 지그프리드는 자신의 실수를 알아차렸다. 그는 기분이 끔찍했다. 그는 오데트를 뒤쫓았다. 오데트는 호수로 뛰어갔다. 그녀는 다른 소녀들과 합류했다. 지그프리드는 그녀를 거기에서 발견했다. "오데트, 난 속은 거요! 폰 로스바르트가 자기 딸을 변장시켰소. 난 그녀가 당신인 줄 알았소."

p. 74-75 　오데트는 미소 지었다. 그녀는 지그프리드를 용서했다. 갑자기, 다른 아가씨들이 백조로 변했다. 폰 로스바르트가 거기에 있었다! 그의 딸 오딜도 그와 함께 있었다. 그들은 자신들의 본 모습으로 있었다. 그들은 반은 사람, 반은 새였다. 폰 로스바르트가 말했다, "왕자님은 오딜과 결혼하기로 약속했잖소. 왕자님은 반드시 약속을 지켜야 합니다." "절대로 안 돼!" 지그프리드가 소리쳤다. 그는 검을 뽑았다. 지그프리드와 폰 로스바르트는 싸웠다. 지그프리드는 이길 수 없었다. 그 마법사는 강력했다.

p. 76-77 　지그프리드는 오데트의 손을 잡았다. "나는 오딜과 결혼하지 않을 거요." 그가 말했다. "난 차라리 당신과 죽겠소." 오데트는 울면서 고개를 끄덕였다, "그래요." 그들은 호수로 뛰어들었다. 그들은 수영하려고 하지 않았다. 대신에 그들은 키스를 했다. 그들은 물 밑으로 가라앉았고 물에 빠져 죽었다. 마법이 풀렸다. 다른 백조들이 다시 여인들로 변했다. 그들은 슬펐지만 화가 났다. 그들은 폰 로스바르트와 오딜 주위로 모였다. 그들은 소리치고 밀었다. 폰 로스바르트는 반격하려고 했다. 하지만 그는 너무 많은 여인들을 백조들로 바꿔 놓았었다.

p. 78-79 　로스바르트의 사악함이 패배를 불렀다. 여인들은 그와 그의 딸을 붙잡았다. 그들은 폰 로스바르트와 오딜을 물 속에서 잡고 있었다. 그들 둘 다 물에 빠져 죽었다. 싸움은 끝났다. 갑자기 여인들 중 한 명이 손으로 가리켰다. "봐요!" 그녀가 소리쳤다. 지그프리드와 오데트의 영혼이 보였다. 그들은 호수 위로 떠오르고 있었다. 그들은 천국으로 가고 있었다. 그들은 행복해 보였다. 그들은 젊은 여인들에게 미소 지으며 손을 흔들었다. 지그프리드와 오데트는 마침내 함께였다.

Brian J. Stuart

University of Birmingham (M.A. — TESL/TEFL)
Sungshin Women's University, English Professor
University of Seoul, English Professor
Freelance writer and editor

행복한 명작 읽기 **Basic 7**

호두까기 인형 | 백조의 호수
The Nutcracker | Swan Lake

각색 Brian J. Stuart
펴낸이 정규도

초판 1쇄 발행 2012년 4월 20일
초판 3쇄 발행 2018년 5월 30일

편집장 최주연
책임편집 김지영
디자인 정현석, 김나경, 박수경
일러스트 France Brassard
녹음 Jessica Smith, Samantha Harmon
번역 김지은

다락원 경기도 파주시 문발로 211
내용문의 (02)736-2031 내선 510
구입문의 (02)736-2031 내선 250~252
Fax (02)732-2037
출판등록 1977년 9월 16일 제300-1977-23호
Copyright © 2012, 다락원

값 7,000원(오디오 CD 1개 포함)
ISBN 978-89-277-0315-0 48740 / 89-7255-905-9 48740(set)

http://www.darakwon.co.kr
다락원 홈페이지를 방문하시면 상세한 출판 정보와 함께 MP3 자료 등 다양한 어학 정보를 얻으실 수 있습니다.